© 2011, Schumacher
Edition : Books on Demand
12-14 rond-point des Champs Elysées
75008 Paris
Imprimé par Books on Demand, Norderstedt
ISBN : 9782810613939
Dépôt légal : mars 2011

Nicolas SCHUMACHER

L'ESCLAVE DE LA REALITE

*« Ils ne savaient pas que c'était
impossible,
alors ils l'ont fait. »*

Mark TWAIN

AVANT PROPOS

En un seul instant toute votre vie peut se renverser. Le monde se sent comme s'il s'était écroulé. Ensuites les yeux ont du se fermer pour ce qui a semblé une éternité.

J'ai tourné la paume de ma main vers le haut face au ciel, je touche le bas de son menton et laisse échapper un soupir. Il y a des choses que je ne peux imaginer faire, des choses que je ne peux imaginer voir. Et je me tiens juste là, je ne peux dire un mot, parce que tout est parti, je n'ai plus rien. Est-ce mon imagination ? Est-ce une réconciliation ou seulement une échappatoire à un moment épuisant ?

Je suis dans une situation désespérée, avec un masque pour me cacher.

Je suis vivant, tellement vivant…

CHAPITRE PREMIER

Circonstances

A Londres de nos jours. Dehors il fait froid, un froid glacial. Les belles couleurs d'automnes ont laissé place au blanc de la neige et de la glace. Les feuilles mortes craquent et cassent sous nos pieds. Le visage des passants rougit lorsqu'ils s'attardent un peu trop longtemps. Le sien non. Son visage est d'une clarté presque angélique. Ses cheveux noirs tombent sur sa nuque et virevoltent à la moindre brise. Ses doigts fins, bleuissent légèrement. Il aime ce froid, il aime cette sévérité dans le climat. En cette saison on peut régulièrement le voir dans Hyde Park ou alors plus à l'ouest dans Kensington Gardens. Il aime marcher en ce lieu commémoratif. Cela lui permet de croiser le regard de personnages célèbres de l'Empire Britannique. La statue de Peter Pan est sans doute sa préférée. Il aurait tant aimé tout comme lui rester un enfant pour toujours, et éviter les responsabilités de l'âge adulte. Mais lui, ce n'est pas Peter Pan mais Ethan Barlie. Quand il marche le long du palais de Kensington, il s'imagine souvent à la place de la jeune Victoria le 20 juin 1837. Cette jeune fille qui a accéder au trône alors qu'elle n'avait que dix-huit ans. Ethan a toujours été très intéressé par l'histoire et la culture du Royaume. Certaines personnes disent que les Anglais ne font rien comme tout le monde. Ils conduisent à gauche, refusent la monnaie unique européenne etc. Pour Ethan le Royaume d'Angleterre est bien plus que ça. C'est une terre de musique, de littérature et de théâtre. Ethan a depuis son plus âge appris le théâtre, la musique classique et l'histoire. Fils d'un père Professeur à la célèbre Royal Academy of Music et d'une mère archiviste à la British Library, il a été éduqué dans l'Art. Mais aujourd'hui il est seul. Il marche encore. Seul, seul avec ses souvenirs et son imagination. Ethan est une personne à part dans sa famille. Il refuse le supplice du quotidien et préfère de loin explorer l'ensemble de ses envies plutôt que de se limiter à un nombre de choix. Ses manières sont celles d'un parfait gentilhomme, mais avec ses amis comme avec les étrangers, il montrait une certaine raideur. Raideur qu'il rencontrait lui même dans le regard de son père C'est cette raideur qui lui était souvent reprochée. Ethan a toujours pris soins de paraître différent des autres. Quand dans son enfance sa famille profitait du beau temps pour se dépenser physiquement dans les parcs et jardins de la ville, Ethan lui restait assis sous un arbre à lire. Mais aujourd'hui des années ont passé et le temps de l'enfance paraît bien loin. Aujourd'hui Ethan a vingt deux ans. Il est diplômé de la London Academy of Music and Dramatic Art. Il vit dans une magnifique propriété dans le quartier de Kensington. Aujourd'hui il va retrouver sa famille. Quelques minutes plus tard il arrive chez lui. Sa maison est constituée de brique rouge et les boiseries du premier étage sont peintes en blanc. Ici les maisons se ressemblent beaucoup. Quand il entre à l'intérieur il fait froid. Il traverse le petit salon où se trouvaient des vieux meubles droits et des grands portraits de famille pendus aux murs tapissés rouge. Deux hommes pareillement vêtus de noir et de gris se tenaient debout près de la cheminée. Le plus grand, adossé contre elle, était son père. Au bout d'un moment il consulta sa montre.

- Quand diable va-t-il arriver ? Il est plus de onze heures maintenant.

Son compagnon, le frère d'Ethan haussa les épaules.
- Il ne va pas tarder. Vous savez qu'il aime se promener dans les jardins par ce froid. Sans doute y trouve-t-il une certaine inspiration. Cela peut prendre quelque temps.
- Il est plus vraisemblable qu'il nous ait complètement oublié.
- Non certainement pas ! s'exclama Edouard l'aîné. Même si on le sait Ethan est quelqu'un d'imprévisible, il ne nous aurait pas oublié.

Son père s'écarte de la cheminée et prend place dans un grand fauteuil.
- Pauvre femme. Elle est morte avec plus de dignité qu'elle n'en mît pour faire n'importe quoi. Mais au moins son vœu le plus cher a été exaucé ; elle a vécu pour vous voir réussir. C'est une bénédiction.
- Je crois vraiment que c'est cette idée qui a prolongé ses jours, dit Edouard. Quel dommage qu'Ethan ne soit pas plus âgé.
- Quel dommage qu'il ne soit pas comme toi ! répliqua le père. Je ne veux pas médire les défunts, mais Seigneur, c'est votre grand père qui l'a rendu ainsi. La

seule chose qui comptait pour lui était le pouvoir de l'écriture. Nous n'avons eu que des idiots et des bouffons pour exemple depuis longtemps, bon dieu, rappelez-vous les scandales autour de la vie sentimentale de votre grand père. La première prostituée pouvait surgir et se déclarer sa femme.

- Dois-je vous rappelez que vous parlez du père de votre épouse ? Du père de ma mère. Il nous faut des exemples pour apprendre. Qu'il soit bon ou mauvais mais il nous faut des exemples. En ce qui concerne Ethan, effectivement il aurait plus simple qu'il choisissent une voie qui ait de l'avenir. Croyez-vous en ses chances de réussite ?

- Non. Avoir un diplôme est une chose, le rendre utile en est une autre. Personne ne connaît encore ses projets. Je n'envie pas Claire, d'avoir à traiter de ces sujets avec lui.

- Claire ne traite avec personne, déclara Edouard. Vous la connaissez. Dans les difficultés, elle se borne à soupirer et elle prend le parti le plus facile. Une ou deux fois, je l'ai vu s'agiter, mais elle a poussée sa léthargie au point où elle devient une habitude. Il ne faut pas qu'elle oublie que sa tâche est également de conseiller Ethan, et franchement je ne la vois pas dans ce rôle. Par ailleurs il y a tous ces maudits dandys : il en est entouré.

- Claire doit se rendre compte des difficultés, dit le père. Beaucoup de choses dépendent de la manière dont il sera conseillé. Mais peut être sera-t-il plus indépendant que nous ne le pensons.

- J'aimerais y croire mais malheureusement j'en doute !

- Parlez plus bas, interrompit rapidement le père. Le voici, je crois.

Tout en discutant, ils s'étaient déplacés jusqu'au centre de la pièce, et ils se tenaient debout l'un près de l'autre quand les doubles portes s'ouvrirent au fond du salon. Pendant quelques instants, ils ne distinguèrent pas grand-chose dans cette demie lumière terne. Et puis ils virent qu'une silhouette, très fine, très fragile, se dirigeait vers eux. Ethan pénétra dans le cercle lumineux dessiné par les contrevents ouverts, et immédiatement Edouard se porta à sa rencontre. Avec lenteur, il posa sa main sur l'épaule d'Ethan puis l'embrassa rapidement. Ethan prit sa main et la retira. Edouard

remarque que la main était très froide et parfaitement calme.
- Comment vas-tu mon frère ? Je sais quelle nuit tu as passé. Notre mère est morte oui, mais sache que désormais je suis là pour toi.

Ethan le regarda dans les yeux puis lança un regard vers son père.
- Pourquoi me dire ça ? Vous doutez de moi ? Moi non. Je sais exactement ce que je fais et où je vais.
- Ecoutez Ethan, votre mère est décédée à deux heures ce matin. Il est peut être encore trop tôt pour aborder ce genre de sujets ne pensez-vous pas ?

Son père l'observait de près. Dans les yeux bleus secs, il ne put discerner la moindre larme, et nulle part le plus léger frémissement ; pendant quelques secondes, un tel sang-froid lui parut indécent.
- Trop tôt ou trop tard. Cela dépend de quel point de vu on se place. Pour vous qui ne vous êtes toujours occupé que de votre personne il est effectivement trop tôt. Pour des personnes comme moi qui ont appris la plupart des choses de la vie seul, il est trop tard. Et comment va ma tante ? J'espère vraiment que le chagrin ne

l'a pas brisée. Si je peux faire n'importe quoi pour la consoler, je n'en serai que trop heureux. Ma mère et elle étaient liées par un vif attachement.

- Elle est bouleversée, Ethan ; comme vous venez de le dire, elles étaient très attachées l'une à l'autre. Mais elle bénéficiera du calme et de la tranquillité de la solitude. Je crains que ces soulagements ne vous soient refusés.

- Cela je préfère le constater par moi même. Maintenant je préfère être seule dans ma maison.

- Cette maison vous a été offerte par votre mère et moi à votre majorité. Il me semble donc logique que je puisse y disposer.

- Non. Désormais vous n'êtes plus chez vous ici. Et Edouard, j'aimerais que tu partes également.

Ils partent ; les doubles portes se referment sur eux, et Ethan se retrouve seul. Seul. Il prononça ce mot à haute voix, et puis il regarda lentement autour de lui : le mobilier familier, les portraits de ses ancêtres dans leurs cadres dorées et poussiéreux…Combien de journées avait-il passé dans cette pièce, assis très droit sur l'une des chaises à dossier rigide, lisant ou écoutant pendant que sa mère parlait ;

pendant que tout le monde parlait, sauf lui. En écoutant des gens, il avait beaucoup appris, se dit-il ; on s'était habituer à discuter de lui comme si il n'était pas là. Il se dirige vers la fenêtre, l'ouvre toute grande. Le soleil s'étend.

C'était enfin terminé. Il ne passerait plus ses soirées à entendre des disputes sans fin entre son père et sa mère. Il se tint quelque temps près de la fenêtre. Il sourit. Il se souvient.

Edouard était sceptique sur ses capacités ; il l'avait compris quand il lui avait touché l'épaule. Pensant qu'il n'était qu'un jeune homme, qu'un faible jeune homme. Mais il changerait d'opinion. Il savait parfaitement qu'Ethan était capable de créer la surprise générale, même si aucun espoir ne repose sur lui.

Ethan ferme la fenêtre, tourne le loquet à fond ; il avait horreur de ne faire les choses qu'à moitié.

Puis il se dirige vers le milieu de la longue salle, et subitement, il se met à chantonner. Il interrompt quand il arrive devant la porte. Il traverse le couloir et entre dans la bibliothèque. Il s'assoit au bureau, saisit une plume et un morceau de papier. Dessus il écrit « Dormir avec un

fantôme ». Il saisit ensuite le morceau de papier et le plaça juste au dessus d'une vieille photographie de jeunesse appartenant à sa mère. Il retourne ensuite s'asseoir au bureau, il met de la musique, s'allume une cigarette. « Days ». C'est le titre de la chanson. Ethan aimait cette chanson. Il aimait également le créateur de cette chanson. Un des personnages les plus originaux et imprévisibles de la musique rock. C'est ce qu'aimait Ethan. L'originalité, la différence. Ethan s'inspire très souvent de ce genre de personnage. Il n'est pas loin de midis, on frappe à la porte. Il se lève et progresse dans le couloir. Il se met face à la porte et l'ouvre. C'est Claire. Claire est une jeune femme brune avec de beaux cheveux légèrement ondulés. Une silhouette fine et légère. Aujourd'hui Claire est vêtue d'une robe noire recouverte par un long manteau rouge. Elle dégageait naturellement une certaine élégance. Cela fait près d'un an que Claire et Ethan sont en couple. Une image qui agaçait grandement le père d'Ethan. Il lui aurait préféré une compagne plus âgée, plus expérimentée.
- C'est ton frère qui m'a appris la nouvelle Ethan. Comment vas-tu ?

Ethan lui tourne le dos et retourne s'asseoir dans la bibliothèque. Claire se dresse devant lui, la musique peut encore se faire entendre.

- Sais-tu Claire, que je n'ai jamais bavardé sur ma famille ? Je ne veux pas t'ennuyer.

- M'ennuyer, Ethan ? Je ne puis qu'espérer le plus sincèrement du monde que tu voudrais bien me parler toujours des choses qui te touchent de près. Si je sentais que j'avais ta confiance, ce serait l'événement le plus heureux de mon existence !

- Ce serait l'événement le plus heureux de la mienne, dit-il avec calme. En dehors de mes cahiers d'écritures, je ne me suis jamais confié à quelqu'un. Et bien qu'elle me soit très chère, il ne m'est plus possible maintenant d'être trop intime avec une personne de ma famille.

Claire ne semble pas comprendre.

- Ma mère était la seule personne digne de confiance dans ma famille. Mon père ne se préoccupe en aucun cas de mes projets, et mon frère est bien trop occupé pour prendre du temps avec ma personne. Je serais comblé si réellement je pouvais faire appel à toi, Claire, pour m'aider en toute chose.

Elle avait toujours été sentimentale. C'était son trait de caractère le plus visible. Sa mère, n'aurait jamais pardonné à sa fille préférée Katherine ce côté ridicule si elle l'avait découvert. Leurs familles respectives et leurs relations prisaient l'intelligence avant tout, et ils méprisaient le sentiment. Mais en ce qui concerne Ethan, le sentiment était en lui ; il avait eu beau le refouler, l'écraser dans l'enfance, il le sentait revivre à certains moments. Le sentiment l'envahit, le submergea ; il eut soudain envie de tomber à genoux, comme il s'était si souvent agenouillé devant l'assistance au théâtre.
- Ethan, dit-elle enfin, je ne suis pas seulement ton amie, mais également la personne la plus dévouée à ta cause. Fais appel à moi pour n'importe quoi, à tout moment, et j'arriverai.
- Je le ferais, promit Ethan. Je te consulterai sur tout les sujets te concernant. Quelle journée ! Tant de choses vont se passer aujourd'hui ! Et je ne suis pas fatigué. Et toi ?
Elle répondit par un sourire ; elle se réchauffait comme une femme grelottant devant un feu.

- Je ne suis pas fatiguée, Ethan, lui dit-elle avec ardeur. Je suis ravi d'apprendre que tu ne le sois pas davantage. Mais il ne faut pas que tu te surmènes. Tout à l'heure quand je marchais pour venir ici, j'ai croisé ton père. Il avait l'air un peu las, j'ai trouvé.

Par cette tournure, elle essayait d'introduire le père d'Ethan dans la conversation. Elle connaissait le regard d'Ethan envers son père. Mais elle avait besoin de vérifier ces sentiments.
- Puisque nous n'aurons que peu de secrets entre nous, lui dit Ethan, autant que tu saches qu'il n'était pas las du tout. Il était en colère. Il a été en colère toute la matinée, et pauvre père, il n'a pas réussi à atteindre ses fins !

Et Ethan éclata de rire.
- Que s'est-il passé, Ethan ?
- Eh bien…

Il s'adosse dans le fauteuil.
- …Eh bien, après une brève discussion je lui ai demandé de quitter cette maison. A ce moment-là, il était tout à fait fâché. C'était la première requête que je lui adressais depuis le décès de ma mère. J'avais pensé que c'était là un bon moyen, et un moyen honnête, de lui faire

comprendre que les choses avaient changé.
- Tu ne dois craindre ton père. Tu as bien fais. Je dois y aller maintenant. Si tu as besoin de moi tu sais où me trouver.

Il lui baisa la main et l'accompagna jusqu'à la sortie. Ethan s'installa dans un fauteuil du salon, ferma les yeux ; il était plus fatigué qu'il n'avait voulu l'admettre : physiquement fatigué, mais intellectuellement stimulé. Maintenant une tâche difficile mais agréable l'attendait : une tâche qui se situait au-delà de la routine quotidienne qui bien souvent l'ennuyait à mourir. Désormais il sait qu'il doit créer. Créer sa vie, ses relations, son univers. Après quelques minutes il bondit du fauteuil et s'en va s'enfermer dans la bibliothèque. Il saisit une plume et commence à écrire. Ethan voulait réaliser quelque chose d'exceptionnelle. Mais pour cela il lui fallait l'entourage le plus exceptionnel possible. De toute façon, Ethan n'avait jamais pu supporter avec patience les imbéciles. Lui n'était pas un imbécile. Depuis des années il cherchait toujours à connaître le pourquoi de la chose. Le résultat ne lui était pas important, mais la connaissance du processus, lui était indispensable. Il ne voyait l'intérêt de connaître le résultat car pour lui, le plus important ce situait antérieurement. Mais ce qu'Ethan détestait par-dessus tout, était la méconnaissance. Il ne supportait pas se retrouver dans une discussion avec un sujet qu'il ne maîtrisait absolument pas. A chaque fois que cette situation se produisait, il préférait ne pas parler, puis plus tard se renseigner sur ce sujet. Il répétait souvent « l'Art de parler pour ne rien dire est un Art que je ne maîtrise absolument pas, mieux vaut se taire plutôt que d'encombrer l'espace de la conversation ». Il resta enfermé dans la bibliothèque pendant près d'une journée. C'est pendant la nuit qu'il y sortit enfin. Il enfila son manteau et sortit dehors. Le ciel ressemblait à un océan d'étoile. Les rues étaient désertes, il croisa de temps en temps quelques ivrognes affalés sur des bancs ou alors dans des caniveaux. Il faisait froid, mais Ethan malgré ce froid terrible continuait de marcher. Il se dirigea vers l'est. Il longea d'abord Kensington Road, Hyde Park Gate, puis enfin arriva devant le Royal Albert Hall. Juste dans son dos se tenais le Albert Memorial. Il était à peu près trois heures du matin. Il fit

le tour du bâtiment afin de rejoindre Kensington Gore. Son ami William habitait dans ce quartier. Quand Ethan arrive devant la maison, il franchit la grille puis utilise la cloche de la porte d'entrée. Cela fait un bruit fou ! Une lumière apparaît alors au premier étage, et on peut entendre des bruits de pas rapide. Cette fois c'est la lumière du rez-de-chaussée qui se met à briller. Une jeune femme apparaît alors. Elle est vêtue d'un pantalon de pyjama blanc, et une fine cape pourpre recouvre ses épaules.
- Ethan ! Mais qu'est ce que tu viens faire ici ? s'interrogea la jeune femme.
- Bonjour Hélène. Je peux voir Will ?
- Il dort mais je peux le réveiller.
- Merci.

La jeune femme l'invite à entrer. L'intérieur de la maison est très différent de celui d'Ethan. Ici les couleurs sont vives, et l'ambiance est au moderne. Dans le couloir sont présents de nombreux tableaux de Pop Art. Quand il entre dans le salon, Ethan s'assoit dans un fauteuil en forme conique. Il se demande d'ailleurs comment l'objet tient en équilibre. Un moment, pendant qu'Ethan continuer à chercher le « truc » de cet objet, un jeune

homme entra dans la pièce. C'était William. Contrairement à Ethan qui est assez petit, lui est particulièrement grand. Il a des cheveux blonds coupés assez court, une silhouette d'un genre plutôt sportif, mais surtout une pilosité plutôt prononcée au niveau des bras. Pilosité totalement inexistante chez Ethan. Ce dernier ne remarqua pas que son ami fût entré, il continuait de regarder cet objet qui l'intriguait fortement. William sourit.
- Cela fonctionne avec le champ magnétique Ethan. La structure du fauteuil est constituée de métal, et les deux plaques grises que tu vois au pied sont des aimants. L'aimant créé un champ magnétique qui attire le métal. C'est comme ça que ça fonctionne.
- Ingénieux.
 Will se rapproche d'Ethan et l'embrasse.
- J'imagine que tu ne m'as pas réveillé à trois heures du matin pour parler décoration. Alors que veux-tu ?
- J'ai besoin de toi Will.
 William porte un regard d'inquiétude sur Ethan. Il hoche la tête positivement puis s'assoit sur le canapé. Il invite Ethan à s'asseoir, celui-ci s'exécute.

- Vois-tu Will ma mère est décédée la nuit dernière.
- Je sais oui, je suis désolé je n'ai pas eu le temps de passer te voir hier. Si tu es venu pour me blâmer je comprends.
- Non, non il ne s'agit en aucun point de cela. Je suis venu te voir car j'ai pour projet de créer quelque chose de grandiose.
- C'est à dire ?
- Je vais écrire une pièce de théâtre comme on n'en a pas encore créée. Je vais concilier l'héritage de nos maîtres avec la modernité.

Will se redressa et pris sa tête dans ses mains. Il redressa la tête et regarda de nouveau Ethan.

- Quand tu parles de l'héritage de nos maîtres, tu penses à quoi au juste ? Parce que là, pour être tout à fait honnête avec toi, je n'y comprends rien. Il est quand même trois heures du matin alors…
- L'héritage que nous as laissé Shakespeare, Byron, Wild ! N'as-tu jamais rêvé de faire partis de ces gens ?

William se lève et marche en tournant autour d'Ethan, comme s'il réfléchissait à quelque chose. Ethan lui, le suit du regard.

- Ecoute Ethan je vais être franc. J'ai étudié durant des années pour réussir. Je veux réussir. Mais je doute qu'une fantaisie, qu'une pièce de théâtre, m'apporte une quelconque reconnaissance.
- Une fantaisie…
- Oui une fantaisie !

Tout à coup Ethan se lève brusquement.
- Regarde autour de toi Will. Tes objets, tes meubles, tu les vois ?
- Bien sûr que je les vois Ethan, à quoi joues-tu ?
- D'abord la fantaisie, maintenant le jeu ? Tu ne comprends pas Will !
- Cela suffit ! Quitte cette maison !

Ethan regarde une dernière fois William dans les yeux puis s'exécute. Pour William le projet d'Ethan était seulement une simple pièce. Une fantaisie sortit de la tête de son auteur. Mais pour Ethan c'était bien plus que ça. C'était un symbole de liberté, d'indépendance, et de réussite. Des années auparavant William partageait les idées d'Ethan, mais le temps efface tout, c'était de l'histoire ancienne. Ethan se retrouva de nouveau dehors, dans la nuit, dans le froid. Si seulement il était moins excessive, se disait-il tristement, moins aveuglé par sa propre infatuation. Mais ce soir il comprit que désormais William avait des goûts qui étaient aux antipodes des siens. Il se mit à plaindre Hélène. Cette magnifique dessinatrice. Il se mit alors à imaginer les conversations de Will et d'Hélène. Exercice intellectuel, études scientifiques ou économiques, nulle trace dans les paroles d'Hélène. Elle devait être terriblement ignorante se dit-il.

Ethan fais quelques pas sur *Park Gate*, puis monte dans un taxi.
- Au nord de *Soho* s'il vous plaît.

Ethan aimait ce quartier. Il aimait cette animation, cette mixité sociale. Durant le trajet, Ethan somnole.
- On est arrivé Monsieur.

Ethan sort, donne un billet au chauffeur. Il reste un instant immobile et regarde. Dehors les gens fumaient, buvaient. Différentes musiques se faisaient entendre de part et d'autre. Il s'engagea dans la rue, serra quelques mains puis rentra dans un club. C'était un endroit très sombre. Ethan descendit un petit escalier assez large. Il avait l'air d'un monarque se rapprochant de sa cour. En bas, une fille lui prend son manteau. Les gens dansaient, buvaient. La musique était excessivement forte. Il s'installe au bar, commande un rhum blanc. Il se retourne vers ceux qui dansaient. Il remarqua la présence d'un vieil ami, Julien. Ethan et lui avaient couché ensemble au lycée. Pour voir…Une fille s'installe à côté de lui. C'est ce genre de fille blonde, très grande, habillée en minijupe. Habillée en pute. Ils se regardent, Ethan fait signe au barman de lui servir la même chose. Ethan la regarde, ne dit rien. La fille se rapproche, puis un peu plus encore. Elle met la main dans son string, elle l'a ressort un petit sachet à la main. Elle le pose sur le bar et l'ouvre Elle la dispose en deux lignes. Elle regarde Ethan. Il sourit, prend une paille derrière le bar et la prise. Il aimait ça. Il avait toujours aimé ça. La fille lui fait signe de la suivre. Elle lui prend la main, l'emmène dans un couloir étroit. Tout était à l'opposé de la salle principale. Ici l'odeur était à peine supportable, des mecs vomissaient contre les murs. Ils franchissent une petite porte, entrent dans une autre salle. La fille bande les yeux d'Ethan. C'est alors que le pouvoir de son imagination entre en action. On lui offrait les sensations, il était libre d'y mettre sa mise en scène. Il sentait ses membres se durcir, la sueur couler. Il n'eut rien à faire, cette fille s'occupait de tout. Cette fille devint très rapidement, ces filles. Il les sentait se balader sur son corps, respirer près de ses oreilles. Enfin il les entendit vomir. Il retire le bandeau, s'esclaffe, puis jette un billet sur le sol.

Chapitre II

Androgynie

Un mois plus tard, dans l'après-midi, Ethan était installé dans un luxueux fauteuil, dans le petit salon du manoir de son frère Edouard, à Wimbledon. C'était une pièce tout à fait charmante, avec ses hautes boiseries de chêne, son plafond rehaussé de moulures, et sa moquette de feutre de couleur pourpre. De petites statuettes médiévales étaient disposées sur la tablette de la cheminée.

Edouard n'était pas encore rentré. Par habitude il était toujours en retard, principalement quand il s'agissait de rencontrer son jeune frère. Pendant ce temps, les doigts d'Ethan tournaient délicatement les pages d'une édition illustrée de L'histoire de Marie Stuart qu'il avait trouvé dans l'une des bibliothèques. Le tic-tac monotone de la pendule l'agaçait. Il hésita même à partir.

Quelques temps plus après, des bruits de pas se font entendre, la porte s'ouvre.
« J'imagine que tu avais plus intéressant à faire », rétorqua Ethan.
- Je ne suis pas Edouard, répondit une voix féminine.

Il se retourna, eut un regard rapide et se releva.
- Je suis désolé, je pensais que…

- Vous pensiez que c'était Edouard. Je ne suis que sa femme, Lucie. Vous devez être Ethan, c'est bien cela ?
- C'est bien ça.
- Je vous connais à travers les discours de votre père. Mais personnellement je préfère avoir ma propre opinion, dit-elle en lançant un regard charmeur.
- C'est une bonne chose, nous avons au moins cela en commun.

La jeune femme devait être dans les mêmes âges qu'Ethan. C'était une femme très séduisante, très recherchée, avec un beau visage. Elle s'approcha d'Ethan, ce dernier va pour lui serrer la main. A sa grande surprise la jeune femme s'est approché encore plus près et lui baisa la joue. Tout en elle reflétait une volonté constante, une tranquillité de cœur qui intimidait. Ils s'assirent l'un à côté de l'autre.

- Je vous ais vu une fois auparavant. C'était à un concert dédié à Tchaïkovski. L'ouverture solennelle 1812. J'aime cette œuvre, elle fait beaucoup de bruit, une petite somnolence est donc tout à fait prohibée. A l'inverse, un petit bavardage ne peut s'entendre.

- Je ne parle jamais quand j'écoute de la musique. Et si la musique est mauvaise je préfère ne pas écouter.
- Vous êtes bien différent de votre frère, dit-elle d'une voie légère en baissant les yeux. J'aimerais que l'on se revoie plus longuement. M'autorisez-vous à vous rendre visite ?
- Bien sûr.

Elle se leva brusquement et quitta le salon. Ethan ne comprit ce qui venait de se passer. C'était la première fois qu'il rencontrait Lucie et il s'entait en lui le désir que la revoir à nouveau. Edouard arriva. C'était un homme à peine plus grand que son frère. Il ressemblait à tous ces autres hommes qui travaillent dans le milieu économique. Il avait pour réputation de ne faire que l'essentiel, de ne voir que l'utile. Il a toujours été très terre à terre, se disait Ethan.

- Je suis navré d'être en retard, Ethan. Je suis allé à la recherche d'une nouvelle maison sur Chelsea, et j'ai dû passer des heures à parlementer. Aujourd'hui les gens sont persuadés de vendre des mines d'or, alors qu'en fait ils vendent des cabanes !

Edouard faisait partis de ces gens fortunés qui ne veulent dépenser un sous

de trop. Ethan savait que si Edouard désirait absolument ce bien immobilier, il pouvait se l'offrir pour n'importe quelle somme. Ethan détestait ce comportement.
- Alors tu as fais la connaissance de Lucie. Personne charmante n'est-ce pas ?
- Tout à fait, répondit Ethan sur un air gêné.
- Ne te marie jamais, Ethan. Les hommes se marient parce qu'ils sont fatigués, les femmes parce qu'elles sont intéressées. La déception est de taille pour les deux parties de toute manière.
- Je pense que le mariage est une chose improbable pour ma personne. Je suis trop amoureux, mais certainement pas des bonnes choses.
- Des bonnes choses ? De qui es-tu amoureux ? demanda Edouard, après un court silence.
- De mes écrits, dit Ethan.
- Cela doit être fort ennuyant. De toute façon quand on regarde avec plus de précision le comportement des femmes, on se rend compte qu'elles n'ont jamais rien à dire, mais le disent avec un grand charme.
- Pourquoi t'être marié alors ?

- Les femmes simples sont des plus utiles, lança sèchement Edouard. Si l'on veut être respecté de tous et garder avant tout la maîtrise des choses, il faut choisir une femme simple. Une femme qui serait totalement incapable de vous faire de l'ombre. Mais toi, que penses-tu des femmes ?

Ethan hésita un moment à répondre et se lança finalement.
- Je n'aime pas les femmes ordinaires. Elles n'excitent jamais l'imagination. Quand une femme se limite à son siècle je trouve ça d'un ridicule très profond. Le mystère y est inexistant, elles ont un mode de vie totalement stéréotypé. Elles sont totalement évidentes.
- Heureusement que tu n'as pas épousé Lucie alors !
- Comment ça ? demanda Ethan.
- Elle est d'une banalité des plus profondes. Heureusement qu'elle me parle peu, je pense que cela me fatiguerais de l'entendre à longueur de journée. L'important est qu'elle soit disponible pour ma personne quand je l'exige.
- Tu es vraiment odieux ! Elle est plus qu'un individu. Tu ries mais je t'assure

qu'elle pourrait bien te surprendre. Elle pourrait même avoir du génie !
- Du génie ? s'interrogea Edouard. Elle en serait totalement incapable. Mais revenons à l'essentiel. Pourquoi voulais-tu t'entretenir avec moi ?

Ethan se leva et marcha jusqu'à la grande fenêtre qui donnait sur les jardins. Il tournait le dos à son frère. Ce dernier resta assis.
- Peux-tu me dire ce que notre père pense de moi ?
- Tu le sais déjà je crois non ? rétorqua Edouard.
- Je veux l'entendre de ta bouche.
- Comme tu voudras. Il pense que tu n'arriveras jamais à rien. Que tu es une personne trop faible pour réussir.
- Et toi que penses-tu ?
- Je pense que tu perds ton temps. Si tu veux consacrer ta vie au théâtre, devient professeur ! Sinon je ne vois aucune issus pour toi.
- Merci Edouard.

Ethan se retourna vers son frère, reprit son manteau et quitta la pièce. Edouard était resté dans le salon, silencieux. Quand Ethan referma derrière la porte du salon, Lucie lui fit face. Ils se regardèrent quelques secondes, elle avança vers lui, lui glissa un papier dans la poche de son manteau. Il voulut le lire mais Lucie, hocha la tête de manière négative. Ensuite Ethan quitta le manoir. Il marchait seul dans la grande rue, le vent était frais, son foulard noir virevoltait légèrement derrière lui. Après quelques minutes il s'assit sur un banc qui donnait devant un parc. Il plongea sa main dans la poche et en sortit un paquet de cigarette. Avec son autre main il saisit son briquet et allume la cigarette. Ethan aimait ces sensations de plaisir que donnait le tabac. Mais à cet instant il ne pensait pas à sa cigarette mais à Lucie. Elle était d'une très grande beauté. De haute taille, des bras et des épaules magnifiques. Elle attirait l'attention partout où elle devait aller. Dans ses yeux se devinait un imperturbable calme, ses cheveux noirs et abondants ondulaient légèrement. Ce qu'elle avait de mieux était sa bouche, parfaitement dessinée et dont les lèvres, semblaient si savoureuses qu'on éprouvait le désir d'y goûter. Une telle bouche devait avoir tenté beaucoup d'hommes. Mais en réalité, ils étaient en bien petits nombres les hommes qui avaient eus le privilège de déguster, et pourtant elle allumait un feu même dans les cœurs les plus glacials.

Ses manières et sa démarche ressemblaient à cette dignité et à ce calme des dames de la haute aristocratie Britannique. Elle attirait l'attention des hommes et des femmes, elle semblait reine parmi les siens. De plus, elle disposait afin de compléter ce portrait déjà fort élogieux, de ce qui fait le charme des femmes. Une voix douce et tendre. Un visage difforme peut toujours se retravailler, une voix rarement, voilà pourquoi c'est un élément de qualité.

Les pensées d'Ethan pour Lucie s'éteignirent en même temps que sa cigarette. Il était temps qu'il retourne chez lui. Il monte dans un taxi. Un magnifique Black Cab. Ethan aimait ses véhicules et ses chauffeurs. D'ailleurs il refusait d'utiliser autre chose que cela. Pour lui, ils faisaient partis du patrimoine britannique et donc il était hors de questions de succomber à la modernité. Une fois à l'intérieur Ethan se souvient de sa première fois en Black Cab. C'était un soir après une représentation au théâtre. Il n'avait pas pris le temps d'enlever son costume de scène. Il se trouva donc avec son chapeau à haut de forme et son costume type 19^(ème) à l'arrière de ce bolide. C'était le début d'un plaisir inconnu. Environs trente minutes plus tard, le « driver » le déposa devant chez lui, mais finalement il ne voulait plus rentrer chez seul. Il voulait reculer le plus longtemps possible cette solitude, cette inévitable solitude qui l'attendais. Il pris donc route vers l'est. Il marcha pendant plusieurs dizaines de minutes. Il parcourut plus d'un mile sur The Mall, puis après avoir encore marché plusieurs minutes il arriva enfin devant le Savoy Theatre. Le théâtre…toujours le théâtre. Il s'assit sur les marches et se prend la tête dans les mains. Mais il entend qu'on marche vers lui. De plus en plus près de lui, il entend une voix. « Vous devriez peut être découvrir autre chose Ethan. » Il retire la tête de ses mains et regarde en direction de la voix. Il n'arrivait pas à distinguer le visage qui accompagnait cette voie. Le soleil éblouissait Ethan. Il réussit juste à distinguer le dessin d'un chapeau à haut de forme se dressant sur la tête de son interlocuteur. « Qui êtes vous ? » demanda-t-il. La personne s'assit alors juste à côté de lui. C'était un vieil homme à longue barbe grise. Ses paupières pourtant ridées étaient ornées d'un léger maquillage noir à la poudre. Cette présence de maquillage en dehors du théâtre prêtait à confusion quant à la signification douteuse que cela présentait. Ses mains étaient d'une finesse presque rachitique, ses longs cheveux en grandes parties gris étaient recouverts d'une teinture noire sur les pointes. Les deux hommes semblaient bien se connaître.

- Que fais le plus doué de mes anciens élèves sur ces marches ? s'interrogea l'homme.
- J'évite l'inévitable.
- Votre solitude ?
- Je peux constater que vous me connaissez encore bien.
- La première fois que je vous ais vu Ethan vous n'étiez qu'un petit garçon. Vos parents et plus particulièrement votre père voulait faire de vous un musicien. Étonnamment vous étiez très pitoyable et ne développiez aucun don particulier pour la matière. Désespéré, ne sachant quoi faire de vous votre père vous as laissez le choix. Une chose qu'il ne laissait jamais aux gens et encore moins à ses descendants. Un soir se jouait Peter Pan

ici même. Vous et votre père êtes venus voir la pièce. Vous regardiez la scène, le décor, les acteurs, le public avant tant de passion ! Quand le rideau s'est abaissé, vous avez regardé votre père et vous lui avez répondu « Père, c'est cela… »
- « Cela que j'ai choisis. Je veux faire du théâtre, je veux que les gens me regardent comme ils regardent ces gens sur la scène. » Je m'en souviens très bien. Et vous, vous étiez assis juste devant, au premier rang. Comme tout bon metteur en scène.

L'homme qui se tenait près lui était le maître de théâtre d'Ethan. Le premier, le seul. Cet homme est le seul qui peut prétendre mieux connaître Ethan que quiconque dans ce monde. Un sourire complice s'échangea entre le maître et l'élève.
- J'ai appris pour votre mère, lâcha l'homme.
- Sans doute est-elle enfin libre maintenant…
- Et vous ? Etes vous libre ? Sentez-vous le pouvoir de la liberté ?
- L'homme est-il totalement libre ? Pour moi le seul endroit où l'homme est entièrement libre est au théâtre. Quand le

pauvre devient le riche, la chaste devient la nymphe. C'est ce théâtre et vous même qui m'avez rempli d'un désir violent de tout connaître de la vie. Après cette représentation de Peter Pan, pendant des jours entiers, j'ai cru sentir quelque chose palpiter en moi. Je regardais toutes les personnes que je croisai et m'interrogeai, avec une folle curiosité, sur le style de vie qu'ils menaient. Certaines personnes peuvent être fascinante juste en les regardants. Et il y a peu de temps il m'arriva quelques choses d'incroyable. Il était tard le soir, je marchais dans les ruelles sombres de l'est. Des rues sales et noires sans présence de la moindre verdure. Je ne pourrais même dire avec précision où cela se trouvait. Bref. Je suis passé devant un vieil immeuble délabré qui servait de lieu de travail à une troupe de théâtre amateur. Un jeune garçon se tenait à l'entrée. Il était habillé d'un vieux pantalon en velours gris, et d'un long manteau noir troué à divers endroits. Discrètement, il complétait sa cigarette avec du dross. Ses cheveux retombaient comme de longues tiges graisseuses. « La représentation va bientôt commencer si vous le souhaitez. » fit-il en m'apercevant.

Je lui explique que cela ne m'intéresse pas mais il insiste. « Nous ne demandons pas d'argent, le seul but est de communier avec le public. » répliqua-t-il. Il y avait en lui et en cet argument quelque chose qui m'attira. Vous allez très sûrement vous moquer, mais je l'ai suivis. Aujourd'hui encore, je ne sais pas pourquoi je l'ai suivis. Et finalement je réalise que cette soirée m'a fait connaître ma vraie passion pour le théâtre. Vous riez ?! Expliquez moi donc pourquoi !
- Je ne ris pas. Du moins pas de moqueries rassurez-vous mon garçon. Je ris de satisfaction plutôt. Mais ne vous méprenez pas, des évènements plus que glorieux vous attendent. Cette soirée n'était qu'un début, un prélude. Mais je vous ai interrompue, continuez.
- Je me suis alors retrouvé dans le hall de ce vieil immeuble délabré. A ma grande surprise tout l'intérieur était décoré de manières très modeste dans le style 19ème. Le jeune garçon m'emmena un étage plus haut. Il m'ouvrit une vieille porte métallique et me présenta ce qu'il appelait ma loge. Cela ne ressemblait en rien à une loge de théâtre. Le fauteuil était un assemblage de bouts de bois peints d'un

rouge vigne, la rambarde n'était en réalité une grande planche arrière de voiture fixée dans le mur. De l'endroit où je me trouvais je pouvais examiner l'ensemble de la salle. Je fus une nouvelle fois surpri car celle-ci était assez grande. Le parterre était relativement bien garni, mais les trois rangées de fauteuils complètement défraichis étaient entièrement vides. Des femmes circulaient dans les allées proposant leurs services à qui veut débourser quelques dizaines de livres sterling. En voyant cette image, je commençais réellement à me poser des questions quant à ma présence dans ce lieu. La représentation commença. C'était une pièce aussi inconnu que son auteur. Les décors étaient d'une médiocrité plus qu'excessive, le jeu des acteurs était des plus mauvais. En revanche le maquillage qu'affichaient leurs visages était des plus soignés. Des lignes noires, rouges, blanches, grises ! Je trouvai une réelle beauté à ce maquillage. Pourquoi ? Je ne serais le dire vraiment. Ils semblaient oublier le lieu et le moment, la pauvreté et la moquerie. Derrière ce maquillage ils semblaient changer, changer de peau.

- C'est admirable l'image que donne deux ou trois coups de crayons sur la peau n'est ce pas ? Je comprends ce que vous me dîtes. Pour beaucoup le maquillage est associé à la féminité, mais s'ils avaient tous tort…Les hommes quoi qu'ils en disent, ont en eux une certaine féminité. Que ce soit en apparence extérieure où sentiment intérieur, elle existe réellement. Cela vient sans doute de l'amour de notre mère pendant ces neuf mois où nos deux corps fusionnaient l'un avec l'autre. Cette féminité ne doit pas être rejetée, elle n'est pas une atteinte à la virilité des hommes.
- J'aime cette interrogation que les gens ont quand ils aperçoivent un homme maquillé. J'aime cette apparence qui ne permet pas de savoir de suite à quel sexe il appartient. J'aime cette façon de se vêtir ou de se maquiller sans tenir compte des codes habituels.

Le maître d'Ethan tourne doucement la tête de la gauche, vers la droite. Il sourit, puis regarde Ethan.
- Le quotidien, les codes, la normalité. Autant de choses que nous détestons vous et moi. Mais pourquoi devrions-nous être gênés de cultiver cette différence ? Regardez les Ethan, tous ces

gens…normaux. Ils ne seront jamais comme nous.

Tout à coup une petite pluie froide se mit à tomber, et dans les rues les gens commençaient à s'agiter. Ils couraient sans prêter attention à quiconque passerait autour d'eux. Nos deux passionnés eux étaient toujours assis à la même place. Ils ne discutaient plus. Ils observaient. Ils observaient la normalité qui défilait devant eux. Les regardaient aller et venir. Ethan passait beaucoup de temps à observer les gens. Par exemple, quand il rencontrait de nouvelles personnes, ils pouvaient rester un bon moment silencieux, il observait et écoutait les autres. Non par intérêt pour leurs personnes, mais par simple étude de leurs personnalités. Une fois qu'il cernait au maximum l'autre, Ethan commençait…ou non, une conversation avec cette personne. Ethan a depuis toujours détesté la stupidité. Il détestait la stupidité à un tel point que cela l'énervait au plus haut point. Il ne supportait pas de voir le manque d'intelligence dans les autres, et malheureusement il ressentait cette stupidité à travers les discours ou les attitudes de plus en plus de gens. La stupidité serait-elle devenu une mode ? Ethan lui en ai persuadé.

Son maître se lève tout à coup, il le regarde.

- Où puis-je vous trouver Monsieur ? dit Ethan.

- Vous n'aurez pas à me chercher Ethan, c'est moi qui viendrai à vous quand le temps sera venu.

Le vieil homme remet son haut de forme sur la tête et s'en va. Ethan est de nouveau seul, mais cette rencontre l'avait rempli de plaisir. Tout en le vieil homme provoquait en lui une horrible fascination.

CHAPITRE III

Rêve spécial

Des semaines passèrent. Il était environ dix heures et Ethan se tenait sur Grosvenor Square. Il se promenait devant les nombreuses boutiques de luxe quand une femme le croisa, marchant d'un pas rapide. Elle portait un grand carton à dessin sous le bras. Ethan la reconnut. C'était Lucie. Un étrange sentiment d'inquiétude, inexplicable, le paralysa. Il ne montra pas qu'il l'avait reconnu et poursuivit son chemin en longeant les vitrines. Mais Lucie l'avait vu. Elle courut vers lui.
- Ethan ! Quelle chance de te voir ! Depuis notre dernière discussion, aussi brève fut-elle, j'ai ressentis l'envie de te revoir.
- Cela est peut-être dû au fait qu'elle fut été brève.
- Sans aucun doute. J'aimerais te parler, tu as un peu de temps à m'accorder ?
- Tout le temps que tu auras besoin. Mais allons plutôt chez moi.

Ethan et Lucie se mirent alors en route. Sur le chemin Ethan ne dit pas à un mot. Un silence qui mit Lucie mal à l'aise. Elle ne savait pas très bien s'il fallait attendre d'être arriver où si elle pouvait commencer une discussion. Dans le doute, elle attendit d'être arrivé. Quelques temps plus tard, ils arrivèrent. Ethan invita Lucie à s'asseoir dans le fauteuil du salon. Lui, préparait deux verres de gin.

- Je suis très heureuse de te revoir Ethan. Depuis la dernière fois j'ai beaucoup pensé à toi.

- Mon cher frère ne doit pas beaucoup apprécié j'imagine.

- Il ne le sait pas. D'ailleurs Edouard est partis à Paris hier par le train de vingt et une heure.

- Je suis navré qu'il soit parti, mais je suppose qu'il va bientôt revenir ?

- Non, il va rester cinq mois hors d'Angleterre. Il a l'attention de faire des affaires dans l'immobilier à Paris. Mais cela dit, ce n'est pas pour parler de Edouard que je voulais te voir.

- Et il s'agit de quoi ? J'espère qu'il ne s'agit pas de moi car en ce moment, je ne suis rien de bien intéressant.

- Il s'agit pourtant bien de toi Ethan. Où en ais-tu dans l'écriture de ta pièce ?

- Comment sais-tu que j'écris une pièce ? s'étonna Ethan.

Lucie l'air gênée se leva et se dirigea vers la fenêtre. Elle tournait le dos à Ethan.
- Cela va te paraître fou…
- Les choses les plus belles le sont souvent.
- Je l'ai rêvé, lâcha Lucie en se retournant vers Ethan.

Ethan la regarda un instant, saisit son verre de gin et le porta à ses lèvres. Il s'assit ensuite. Il ne savait pas quoi répondre mais on devinait facilement sur son visage une certaine curiosité.
- Tu en as rêvée …
- Et plus d'une fois.
- Tu en as rêvée…et as-tu rêvé à d'autres choses me concernant ?

Lucie se rapprocha un peu plus près d'Ethan, de plus en plus près. Elle mit un genou au sol et saisit les mains d'Ethan.
- Oui. J'ai rêvé que je participais à cette grande aventure ! Que je la vivais à tes côtés ! Dans mes rêves tu étais le plus beau et le plus talentueux. Tu étais comme un roi, et moi comme une reine. Nous pouvions à tous leur montrer, les surprendre, les émerveiller ! Tu étais beau, tu étais heureux ! Le temps s'arrêtait

comme s'il voulait nous laisser savourer ces moments !

- Mais Edouard est mon frère. Même si l'envie de réaliser ces rêves à tes côtés m'envahit je ne pourrais pas.

- Tu pourrais être mon choix ! Mon choix involontaire. Tu pourrais être celui que j'aimerais toujours. Tu pourrais être celui qui écoute mes interrogations les plus intimes. Tu serais là dès que tu le pourrais, et ne plus t'occuper à réparer les morceaux cassés du temps d'avant. Tu es le moi que je ne serais jamais, et à chaque fois que tu exprime ton spleen, c'est comme si je perdais tout moyen d'expression. Je n'aurais jamais pensé que tu me ferais transpirer, je n'aurais jamais pensé ressentir un tel désir. Je ne peux pas m'empêcher de croire en toi.

Ethan saisit la tête de Lucie et l'emmena vers la sienne. Le désir d'Ethan augmenta d'intensité, le besoin de la satisfaire devint une obsession. Le feu allumé en lui, un brasier le dévorant. Il avait les lèvres légèrement humides, les membres raides, les veines enflées, et pourtant il se tenait impassible. Elle grimpa sur Ethan et le poussa dos contre les coussins du canapé. Un frisson de désir courait dans leurs corps. Il pressa ses lèvres sur les siennes, il sentait son corps frémir. Une fois, une seule fois le bout de sa langue entra délicatement dans la bouche de Lucie. Il la désirait, et pourtant il éprouvait de la tristesse. De la tristesse pour son frère Edouard et pour Claire. Les regards de Lucie pour Ethan le fouillaient partout. Ils semblaient plonger dans ses moindres pensées, lui faisant perdre la notion de tout. Il promena ses mains sur tout son corps, puis ce furent ses lèvres, inondant de baiser sa poitrine, ses bras, ses jambes, ses cuisses. Des frissons le parcouraient de la tête aux pieds.

Quelques minutes après, il lui arracha ses vêtements, l'a mis nue. Quel plaisir se dit-il de sentir sa peau contre la sienne. Ils roulèrent, se tordirent comme deux animaux en pleine chaleur. Les lèvres d'Ethan brûlaient à l'idée de goûter aux différentes parties du corps de Lucie. Il l'embrassait, baladait ses lèvres sur tout son corps. Elle essaya d'éloigner sa tête de son corps mais Ethan ne lui répondit qu'en continuant dans un rythme régulier.
- Arrête ! Arrête ! murmurait-elle.

Il s'écarta doucement et se leva.

- Tu me trouves brutal ? lui demanda t-il.
- Non. Cavalier.
- Ca te déplaît ?
- Non. dit-elle une voix délicate.

Ethan se rapproche et l'embrasse à nouveau. Mais cette fois encore elle le rejette doucement. Elle réajuste son chemisier, refait sa coiffure et amorce son départ de la maison.
- On se revoit quand ? lui demanda-t-elle.
- Ca fait deux questions en une.
- Pardon ? lui répondit-t-elle avec un air perdu.
- On se revoit quand ? Deux questions en une. On se revoit ? Quand ?
- J'ai peur de ne pas comprendre.
- Faut-il se revoir ?
- T'en penses quoi ?
- Je ne sais pas. lui lança sèchement Ethan.
- Je vois…
- Quoi ? Qu'est ce que tu vois ? lui rétorqua Ethan agacé.
- Rien. Ce n'est pas grave.

Lucie saisit son sac à main et tourne le dos à Ethan. Elle se dirige vers la porte mais Ethan saisit son bras.
- T'en vas pas comme ça.

- Reste où tu es Ethan. Notre relation est un jeu. Mais as-tu vraiment le niveau pour jouer ? lâcha sévèrement Lucie.
- Un jeu ? il s'esclaffe et lâche le bras de Lucie. Notre relation n'est pas un jeu mais une conséquence ma chère.
- Ah oui ? Et la conséquence de quoi ? Je peux le savoir ?
- La conséquence de notre vie.

Lucie laisse tomber son sac sur le sol et d'un pat vif se rapproche d'Ethan qui lui se tenait dressé devant la fenêtre du salon. Il laissa volontairement le silence s'installer. Lui, parut imperturbable, elle, perdue.
- Je ne saisis pas Ethan. Explique ce que tu entends par là.
- Tu t'emmerdes dans ta vie, et moi...
- Toi ? lui lança-t-elle agressivement. Toi, il te faut toujours plus. Un peu trop pour les autres est juste assez pour toi, c'est exactement ça !
- Mais tu crois quoi ? Je n'ai jamais été dépendant d'une quelconque femme et tu ne seras pas celle qui changera ceci. En revanche tu es un parfait amusement. Tu es comme une ménade et moi comme le Dieu. Tu peux devenir comme elle, folle

et n'ayant aucune pitié. Mais quoi que tu fasses, tu seras en proie à ma personne.

Il lui tourne le dos, elle, lui jette un dernier regard puis s'en va. « Elle reviendra », se dit-il.

Ethan passa cette journée à écrire et à boire, enfermé, seul. Dans la soirée Ethan s'endormit très tôt.

Il se réveilla en sursaut aux premières lueurs du jour. Il paraissait étrange, comme perdu. Il quitte son lit avec inquiétude, comme s'il redoutait quelque chose. Il traverse le couloir, puis se rend dans la salle de bain. Il y découvre Claire dans son bain, paisible. Elle ne remarque pas la présence de son compagnon dans la pièce. Ethan se trouvait juste derrière elle. Il l'observait avec tendresse, comme la première fois qu'il l'a vit nue. Elle avait cette grâce naturelle que peu de femmes disposent, cette douceur dans ses gestes qui faisait d'elle une personne exceptionnelle. C'est du moins ce qu'Ethan pensait en la voyant. Il s'avança tranquillement s'assit juste à côté d'elle sur un petit marche pied en bois. Elle le remarqua alors. Sans dire un mot elle lui tendit sa main encore humide et la posa

sur son genou. Elle lui souriait, lui la regardait avec un regard vide.
- Quelque chose ne va pas Ethan ? demanda-t-elle avec attention.
- Je me suis réveillé trop tôt semble t'il. Dans ma tête…c'est comme si on cisaillait mes pensées. Je crois que j'ai vraiment trop bu cette nuit. La bouteille de gin est à moitié vide. J'ai la bouche sèche et je n'ai aucun souvenir de ta venue ici. Tu es arrivé quand ?

Elle retire sa main et le regarde avec inquiétude.
- Mais que dis-tu Ethan ? C'est toi qui es venus hier soir.

Ethan regarde autour de lui, il balaye d'un regard suspect la pièce. Elle avait raison, ce n'était pas la salle de bain de la maison d'Ethan mais bien de son l'appartement. Il quitte la salle de bain et continu son inspection. Il retrouve des affaires à lui un peu partout dans l'appartement. Ethan ne laissait jamais traîner ses affaires. Il s'assoit comme troublé par ce qu'il venait de découvrir. Quelques instants plus tard, Claire le rejoint dans la cuisine. Il était assis sur un tabouret de bar rouge, il avait la tête plongée dans ses mains, il la sortait

quelques secondes regardait autour de lui puis la replongeait. Claire pendant ce temps se fait un thé. Ethan la regardait alors.
- Depuis quand bois-tu du thé toi ?
- Je te demande pardon ? J'ai toujours bu du thé, je n'ai jamais supporté le goût du café. Rien que le subir quand je t'embrasse m'est insupportable.
- Je ne bois pas de café Claire.

Claire s'esclaffa et lui tourna le dos. Elle se retourna alors vers le placard au dessus de la gazinière, puis l'ouvrit. On pouvait y voir une quantité astronomique de paquets. Expresso, déca, etc. Claire eut un petit rire nerveux, il se lève et retourne dans la chambre. Il n'a aucun repère, il essaye tant bien que mal de trouver des vêtements. Il trouve dans une armoire un jeans bleu et une chemise noire. Mais il y avait un problème. La chemise avait des manches courtes, Ethan n'a jamais aimé les manches courtes. Il se précipite ensuite vers la sortie mais Claire se met devant lui.
- Tu oublis ton téléphone, mon amour.

Il le prend et quitte l'appartement. « Mon amour », jamais Ethan n'aurait supporté ce genre d'appellation. Quand il arriva dans la rue il regarda autour de lui.

Tout lui semblait étranger. Il se tenait face à *Oxford Circus*, cet important carrefour routier de Londres situé au croisement de *Regent Street* et d'*oxford Street*. Depuis quand Claire habite *Oxford Circus* ? se demanda-t-il. Accompagné par son incompréhension il s'aventura dans *Oxford Street* afin de rejoindre *Hyde Park*. Comme à son habitude ce dernier était des plus vivants. Ethan se dirige doucement vers le nord-est du parc, autour de lui des personnes âgées discutent assis sur un banc, des mères de familles poussent des poussettes. Après quelques minutes, il arriva au niveau du *Speakers' Corner*. Cet espace où chacun peut prendre la parole librement et assurer un temps le rôle d'orateur était exceptionnellement vide. Se tenait là debout sur une cagette de bois, un vieil homme. Ethan le reconnut sans trop de mal, c'était son maître de théâtre. Ethan s'assit sur un banc dos à lui et l'écouta. Il parlait, seul, sans aucune assistance.

- Le temps de la normalité est révolu ! Vous, êtres humains qui subissez votre vie, fermer les yeux et contempler alors la réalité !

Ethan était stupéfait par ce discours. Malheureusement il se termina, trop vite

sans doute. Le vieil homme se tourne vers Ethan, puis s'approche de lui.
- Désormais, plus personne n'écoute personne.
- Je vous ais écouté moi, répliqua Ethan.
- Peut-être parce que tu es dans la même situation que moi.
- Comment ça ?
- Cela n'a pas d'importance, tu le seras bien assez tôt.

Ethan ne comprenait pas. Il resta immobile quelques secondes mais le vieil homme se retourna vers lui.
- Que fais-tu ? Nous sommes en retard Ethan.
- Mais en retard pour quoi ? Je ne comprends rien. Je peux vous parler franchement ?
- Bien sûr.
- Depuis mon réveil j'ai l'impression que rien n'est comme avant. Tout d'abord cet appartement dans lequel je me suis réveillé, ensuite mes vêtements qui ne sont en réalité pas les miens, puis les gens…puis vous. Même vous vous n'êtes pas comme d'habitude. D'ailleurs lors de notre dernière rencontre vous m'avez vouvoyez et aujourd'hui vous me tutoyer.

Je ne comprends pas totalement ce qui se passe.
- Pas totalement ? Donc tu entends par là que tu comprends en partie la situation ?
- La seule chose dont je me souviens est d'avoir beaucoup bu hier soir pendant que j'écrivais.
- Tu auras les réponses à tes questions, mais pas tout de suite. En attendant suis moi.

Il l'entraîna dans une traversée pédestre de Londres. Sur le chemin rien n'était comme d'habitude. Les voitures étaient toutes à l'arrêt, les rues étaient désertes, les seuls bruits qui se faisaient entendre étaient les bruits liés à la marche des deux hommes. Quand ils arrivèrent au niveau de *Tower Bridge*, le vieil homme s'arrêta. Ethan était à bout de souffle, il se tenait à la bordure du pont.
- C'est ici que nos chemins se séparent Ethan.

Ethan ne semble pas comprendre, mais il ne trouve pas la force de se manifester. Son incompréhension se manifesta par un haussement de sourcils. Le vieil homme s'approcha de lui, le saisit par les épaules.
- Ce que tu verras, peu de gens sont capable de le voir. Si tu le désires on se

reverra un jour. Dans le doute, je te dis adieu.

Il pousse violement Ethan par dessus le pont, ce dernier essaye de s'accrocher mais cela est impossible. Il tombe en arrière, le vieil homme disparaît.

CHAPITRE IV

Une douce et longue pause

Ethan est allongé sur un banc public. Le ciel est ce ciel des magnifiques couché de soleils d'été. Le vent est doux, il caresse avec douceur son visage et remue avec légèreté ses fins cheveux noirs. Il est vêtu d'un jeans bleu et d'une fine chemise noire. Sur son visage, se dessinent de fins traits de maquillage. Il était paisible, il était beau. Moi je me tenais à ses côtés. J'aimais le regarder dormir. Je ne sais pas pourquoi, je l'ai toujours trouvé très beau lorsqu'il dormait. Mais un souffle de vent un peu plus puissant que les autres le réveillât. Il ouvrit alors grand les yeux. Dans un premier temps, il ne remarqua pas ma présence. Il se redressa, mis sa main dans ses cheveux, il dégageait une grâce naturelle. Il ressemblait à ces images de cinéma. Après quelques instants il se tourna vers moi. Dans un premier temps, il me dévisagea de la tête aux pieds. Il se rendit vite à l'évidence, nous étions identiques. Il regarde alors autour de lui.

- Où sommes nous ? me demanda-t-il doucement.

- Cet endroit ne te rappel rien Ethan ? Cherche la réponse dans ta mémoire.

Il se prit la tête dans ses mains et soupira. Un soupire de douleur, du moins c'est comme cela que je l'ai interprété.
- Que se passe-t-il ? Je vois bien que rien n'est comme avant. Vous, qui êtes vous ?

Ma réponse n'allait faire qu'empirer les choses mais il fallait lui dire la vérité.
- Je suis toi. Je suis celui qui te connaît le mieux au monde, celui qui t'a vu grandir, celui avec lequel tu as grandis.
- Arrêtez ! Dîtes moi qui vous êtes réellement !

Je savais qu'il n'allait pas comprendre, mais il fallait qu'il le sache. Ses yeux sont rouges, je vois bien qu'il fait semblant de ne pas pleurer. Il se lève doucement, fait quelques pats. Il scrute les environs, il lance un petit rire discret. Il se retourne vers moi.
- Je sais où nous sommes. Cet endroit a été pendant très longtemps le théâtre de mon imagination. J'imaginai ce lieu, exactement comme il est aujourd'hui. Vide.
- Je sais.
- Je pensais cela impossible. Brighton totalement vide.

Ethan commençait à retrouver le sourire, il humait l'air frais de la mer. Il

regardait le ciel, la mer, la ville avec une telle passion. Il se sentait bien et cela se voyait.
- J'aimerais marcher un peu maintenant, me dit-il d'une voix légère.

Il marchait juste devant moi, il prenait la direction de la *Brighton Pier*, cette grande jetée où on pouvait trouver une grande fête foraine permanente. Ethan n'était jamais venus ici, et pourtant il connaissait ce lieu à la perfection. Les attractions et les restaurants étaient ouverts mais aucune présence excepté la notre ne se faisait remarquer. Il s'est ensuite assis au bord de la jetée. Il regardait au loin les côtes françaises.
- Je ne comprends rien à ce qui se passe actuellement, mais je peux toutefois dire que c'est un des plus beau moment de ma vie. Je ne sais pas si tu y es pour quelque chose mais, merci.
- Tu es ici parce que tu as voulus qu'il en soit ainsi Ethan. Tout ici est le fruit de ta volonté. Ma présence également. J'imagine à quel point cela doit être perturbant pour toi.
- Comment cela se peut ? Je veux dire, comment se fait-il que nous soyons là ? Comment se fait-il que tu sois là ?

- Essaye de te souvenir.
- Je ne veux pas.
- Pourquoi ? Tes rêves te font peur ?
- Ma vie était un cauchemar de toute manière. Cela va te paraître fou.
- Revendique ta vie. Comment as-tu construit ta vie Ethan ? Je veux dire, comment as-tu fais pour retarder à ce point le plaisir dans ta vie ?

Il s'esclaffe.
- Il faut maintenir les relations et les actes à un niveau superficiel. Il ne faut pas se laisser aller.
- Et avec le recul tu penses avoir fais les bons choix ?
- J'ai toujours préféré la complication à la facilité. Si je dois faire aujourd'hui le bilan de ma vie, alors je conclurais sur le fait qu'elle a été un échec. Non un fiasco. Il y a une réelle différence entre un échec et un fiasco. Un échec s'est tout simplement une absence de succès. Un fiasco, c'est un désastre d'une grandeur légendaire. J'aurais peut-être dû être moins exigent. Avec moi même, mais également avec les autres.
- Et, est ce que ce que tu as fais ta donné une vie meilleure ?
- Non.

Il se ponce le front avec sa main, puis regarde le ciel.
- Non, rien de tout ça ne m'a servit à aller mieux. Je ne peux pas tout effacer, je ne peux pas réécrire le passé, mais en revanche le futur lui, reste à écrire.

Je le regarde alors. C'était mon devoir de lui dire mais je n'y arrivais pas. Je voulais le laisser profiter.
- Je ne connaît toujours pas ton nom au fait, me lança-t-il.
- Je prends le rôle ainsi que le nom que l'on veut bien me donner. Je te laisse choisir.

Il me regarde alors avec étonnement, il rit. Il ne comprenait pas la situation. Devrais-je lui en tenir rigueur ? Non. Peu de gens auraient compris cette situation. D'ailleurs comment pourrait-on comprendre cette situation ? Mais après tout, le cerveau ne comprend-t-il pas juste ce qu'il a envi de comprendre ? Ce que nous voyons est le fruit de notre cerveau. Les yeux ne voient plus que ce que l'on a préalablement instauré à l'esprit. Mais aujourd'hui plus que tous les autres jours, le temps s'épuise.
- J'ai trouvé. Je vais t'appeler Jill.
- Jill ? Je peux savoir pourquoi ?

- Jill était une de mes premières petites amies. C'était une fille d'une extrême délicatesse et d'une incroyable intelligence.
- Je te fais penser à cette fille ?
- Oui. Je m'explique. Physiquement nous avions de nombreuses ressemblances. Quand je sortais maquillé après le théâtre, les gens ne nous distinguais pas facilement. Cela a été un jeu entre nous.
- Puis vous, vous êtes quittés. Et ensuite elle est morte. C'est bien ça ?
- C'est bien ça ? Je ne sais pas comment tu le sais mais il y a quelque chose en toi que j'admire. Je ne saurais dire quoi, mais cette chose est bien présente, je peux l'assurer.

Je me rapproche d'Ethan, le regarde dans les yeux. Son comportement n'avait rien à voir avec celui de tout à l'heure. Il était désormais comme apprivoisé. Il me regarde avec ce même regard qu'il offrait il y a des années à Jill.
- La chose que tu admires en moi Ethan, c'est toi. Tout en moi vient de toi. Je prends la forme et le discours que tu me donnes.
- Notre conversation est-elle réelle ?
- Tu en penses quoi ?

- Je n'en sais rien. Et si rien n'était réel ? Et si Claire, Lucie où même moi Ethan, n'étions que fruits de l'imagination ?

Notre conversation a duré des heures. Nous étions tous les deux comme des étrangers qui se connaissaient très bien. Il se reconnaissait en moi, et moi le retrouvais tel qu'il était enfin.

- Pourquoi le ciel reste-t-il figé ? Cela fait des heures que nous discutons et le ciel n'a eu aucun mouvement.
- Tu aimes ce ciel. C'est toi qui l'as dessiné comme ça. Tu te sens bien sous ce ciel.
- Pour être tout à fait honnête je ne sais même pas comment je me sens. Je suis perdu, j'ai peur.

Il me regarde avec détresse. Je ne pouvais lui mentir, mais seulement masquer l'inévitable.

- N'abandonne pas. Fais en sorte que tes plus vieilles pensés t'accompagnes jusqu'au bout. Si tu le veux, tu seras très bien, parce que personne n'est comme toi. N'ai pas peur. Si tu as des regrets, utilise cette chance pour tout changer. Pour construire un monde un à ton image. Ce que tu laisses derrière toi, tu pourras le retrouver si tu le veux. Tu pourras retourner les choses. Tous tes rêves ne seront qu'un doux équilibre. Je serais là dès que je le pourrai. Si tu ne me vois pas, parle moi et je t'aiderai du mieux que je le peux. Tu es celui que j'ai toujours aimé, tu pourrais être mon choix. Mais non. Je ne suis pas là pour ça. Quand vas-tu descendre ? Quand vas-tu atterrir ? Des questions qui peuvent se poser. Alors qu'est ce que tu feras ? Tu vas te décourager mais rassure toi, tu réussiras. Tu arriveras à vivre. Je me suis toujours étonné de ce pourquoi tu étais tourmenté. Tu étais à la fois aveuglé, puis distancé par ta propre conception de la vie. Tu n'es pas fier de tout, mais il y a malgré tout des doux souvenirs. C'est ces petites choses qu'ils ne peuvent t'enlever. Désormais tu peux vivre ta vie. Remplie la de joie et de merveille. Tu as connu des rebondissements mais maintenant ? Il est vrai que tu ne feras jamais les pages centrales. Elles t'ont depuis longtemps dit leurs derniers aux revoir. Ne le prend pas comme une fin amer. Ce monde est le monde que tu as créé. L'amour de ta vie. Tu te perdras comme dans un long labyrinthe mais ce n'est pas la fin. Tu connaîtras des purs matins, où l'obscurité n'existera pas. Tu auras l'impression de

dormir avec des fantômes, comme un doux prince. Tu quitteras cette salle maison de briques. Tu nageras à travers tes envies. Tu te battras pour garder le soleil, tu éteindras ce cœur cendrier qui te consume depuis toujours. Tu goûteras avec un regard différent tout ceux que tu croiseras. Mais souviens toi de ceci, les jours avant que tu ne viennes, ils n'étaient pas là. Tu as créé cette image.
- Je suis mort c'est bien ça ? Mais quand ?
- Dans la soirée qui a suivit ta dispute avec Lucie. Tu t'es mis à écrire comme jamais auparavant. Tu as beaucoup écris, mais tu as également beaucoup bu. Dans la nuit tu es sorti. Tu as été dans ce club dont tu avais l'habitude d'aller. Là bas tu as fais une rencontre. Elle était seule, toi aussi. Tu as dansé avec elle, ensuite vous vous êtes disputé. Tu es parti. Une fois chez toi dans un excès de folie tu jeta au feu tout tes écrits. Tu disais que cela n'en valait pas la peine, que les gens ne comprendraient rien à ton art. Mais quand la colère est redescendue et que tu as contemplé le spectacle du désastre tu as regretté. Tu venais de détruire l'aboutissement d'une vie. Tu ne l'as pas supporté. Tu as écris une phrase sur le mur avec de l'encre. « Si

seulement je pouvais m'endormir ». Ensuite, tu as vidé la bouteille.
- Mais comment ? Comment suis-je arrivé ici ?
- Certaines fois le pouvoir de l'imagination est le plus grand des pouvoirs. Nul ne peut placer un mort après sa mort. Je ne suis qu'une vision Ethan. Une vision que tu as pris soins de mettre en œuvre.
- J'aimerais commencer cette nouvelle vie maintenant. Je ne saurais comment te remercier.
- Tu n'as pas à me remercier, je n'ai fais que ce tu as voulu que je fasse.

Il me regardait. Toujours avec cette tendresse dans les yeux. Je ne suis que le fruit de son imagination, et pourtant l'idée de le perdre me brisait le cœur. Mes yeux se remplissaient de larmes. Je le pris dans mes bras, le serrant de toutes mes forces, tandis que mes lèvres cherchaient sa joue. Je m'arrêtai un moment pour le regarder. Qu'il était beau à ce moment là ! Sa beauté était presque éthérée. Je le revois alors avec ses fins cheveux noirs recouvrant sa nuque et tombant le long de ses oreilles. Il mit la main dans sa poche et en sortit un bout de papier. Ce dernier était chiffonné.

Il me le posa dans la main et me jeta un sourire. En suite il me tourna le dos.

Il s'en allait, marchait droit vers sa création. Il était curieux, il était impatient, car dehors le temps court toujours. Il disparut au bout de la rue. Je me tenais là, seul. Je me tourna vers la mer et découvrit le papier qu'il venait de me donner. Il était écrit :

Je n'ai jamais été bon pour les aux revoir. Si ce papier existe, c'est parce que je l'ai voulus ainsi. Rien n'était programmé, il existe juste parce que je l'ai voulu. Nous avons ensemble voyagé à travers le monde et ce qui est le plus étonnant, c'est que jusqu'à ce matin, j'ignorais totalement ton existence. Toi tu étais là, tu m'accompagnais dans les différentes étapes de ma vie. Maintenant tout est différent.

Ethan

Ethan a durant ses derniers jours sur Terre vécu plus intensément que bien des gens durant toute leur vie. Je sais que lorsqu'il est mort il avait les yeux fermés, mais l'esprit bien ouvert. Les derniers mois de son existence, furent les plus beaux de la mienne.

J'eus la tâche de faire l'éducation du timide jeune homme qu'il était à l'époque. Il ne l'a jamais su, mais avec le temps j'espère lui avoir fait acquérir une certaine expérience et un minimum de maturité.

Désormais, l'espoir de le revoir diminue un peu plus. Mon regard est presque éteint, il est comme décharné, comme si j'étais un mensonge au regard triste. Cette flamme en moi s'éteint dans la nuit, et les étoiles sont attirées vers le supermassif.

Parce que le récit d'une vie s'écrit bien souvent avec des larmes et du sang, la mort n'est pas si différente

FIN

Les suppléments

d'Ethan BARLIE

L'appel

C'était un appel, un appel du dimanche matin. Je pouvais entendre dans ma tête la porte taper. Maintenant je me souviens le jour où le jeune homme est venu, me disant, ton talent est parti, la vie l'a emporté. Il reviendra de temps en temps se moquer de toi me disait-il. Je ne voulais pas y croire. Vous vous trompez tous, lui ai-je dit. Il s'est retourné et est partis. Depuis ce jour, Chaque fois que je me regarde dans la glace. Tous les traits de mon visage deviennent plus marqués. Et un jour, il m'est revenu. Il disait que j'étais son ami. Ce qui vint comme une surprise. Je lui parlais droit dans les yeux. Je pensais que tu étais mort seul. Il y a très très longtemps me dit-il. Jour après jour. Il me dit que je peux partir. Il me dit que je peux m'envoler de l'autre côté. C'est alors que je pris conscience que mes idées et mes paroles ne dureront pas éternellement. Je devrais savoir que le monde s'arrêtera un jour. Maintenant l'alcool et les pieds qui dansent m'écœurent. Je voudrais juste partir par une nuit froide et noire, me disant qu'enfin je pourrais faire la paix. Mais il me faut plus de temps. Tant d'erreur à réparer, tant de choses à détruire. Je sais que je n'aurais rien gratuitement, je sais que ce sera difficile. On a tous des comptes à rendre dans la vie, mais comment pourrais-je accéder à la paix ? Certains actes sont si reprochables... La moitié de ma vie passée dans les pages des livres, à apprendre auprès des fous et des sages, à penser que je pourrais être comme eux...Je voulais être plus fort que les autres, je voulais devenir la personne que je rêvais d'être. Mais maintenant que je suis seul, je sais que cela m'a détruit. Je sais que c'était un bien pour un mal. Quand on dit que tu dois d'abord perdre pour apprendre à gagner, moi j'ai perdus en voulant trop gagner. Toutes les choses que tu m'as dites aujourd'hui ont changé ma perspective dans toutes les voies. Ces choses comptent tellement pour moi…C'est peut-être le temps de partir me dit-il. Prends le temps de donner un sens à ce que tu veux dire. C'est le moment de dire adieu au monde s'effondrer sur tout ce que tu n'as jamais connu.

Un souvenir

Je ne sais pourquoi, il m'arrive certaines fois d'y penser. Ce n'est désormais plus qu'un souvenir…Sans doute ma plus grande erreur. Je la revois encore dans cette rue, juste devant moi. On ne se connaissait pas, et pourtant…Et pourtant, j'avais cette sensation de la connaître depuis si longtemps. Je ne pouvais que l'observer, que la dévisager. Elle me paressait si fragile, si tendre. C'était il y a bien longtemps…Le lendemain je devais repartir d'où j'étais venu, et elle, elle, se situait juste là. Juste à quelques metres de moi. C'est étrange ce genre de sentiments. Ce fut mon premier. Jamais jusqu'à ce jour, je n'avais ressentis une telle curiosité pour quelqu'un. Je n'étais rien pour elle, et pourtant elle était un tout en devenir pour moi. Nous avons discuté quelques minutes le long de la rue, des minutes qui m'ont paru être des secondes. J'aurai voulu lui dire tant de choses cette nuit là…J'aurai voulu lui dire, que c'était un revoir, que j'étais heureux l'instant d'une discussion, que maintenant le temps à fuis, que c'est un au revoir. Je n'ai jamais su quel chemin prendre, ça ne devait pas être le bon. Dans les temps qui ont suivis, je me suis dis un jour pendant que je chercherais la raison pour laquelle je ne la trouverai pas, *qu'*elle marcherait alors dans mon esprit. Je suis assez vieux pour regarder derrière moi, mais assez jeune pour sentir mon âme. Je pense à aimer et je ne peux simplement pas la sortir de mon esprit. Toute cette énorme confusion provoque le chaos dans mon cerveau, mais ce n'est pas de sa faute me suis-je dis. Quand je me suis réveillé le lendemain, le soleil s'est levé, il a grillé mon esprit *et s'est* effondré sur tout ce que j'ai jamais connu alors. Je suis revenu du paradis par le chemin de l'enfer...Chaque minutes qui passent est une occasion pour changer le sens de sa vie...Et si ma plus grande erreur avait été de repartir ?

Le sourire mis sur ton visage

Tu n'étais pas la seule, tu n'étais certainement pas la première non plus. On aurait pu croire à une fille comme les autres, une de plus. Tu étais là parmi la foule, il faisait froid et c'était bruyant, le monde remue. Un cœur rempli comme une décharge, des hématomes qui ne guériront pas voilà comment je me sentais alors. Tu étais si différente des autres…C'est sûrement ce sourire mis sur ton visage. C'est sûrement à lui que l'on doit ça. Je me rappelle encore de ma vie avant que je ne te rencontre, je me rappelle encore la douleur et les jeux d'esprit. Je n'ai pas changé mais ma vie oui. Les gens sont étranges quand ils s'en aperçoivent...T'aimer n'était pas la bonne chose à faire, *mais* comment pourrais-je changer à jamais les choses que je ressens ? Tu peux suivre ton propre chemin je ne suis rien pour toi. Je sais que tu ne penseras pas à moi, mais ce n'est pas le plus difficile. Ce qui est le plus difficile, c'est de vivre en ne s'arrêtant pas de penser à toi. Il n'y a pas beaucoup de choses à dire sur les choses cachées dans mon âme tu sais...Et comme le jour était en train de se lever, mon avion s'est envolé, avec toutes les choses coincées dans mon esprit. Je me souviens qu'il n'y avait rien que je ne pouvais faire, je ne pouvais jamais t'impressionner, même si j'essayais...Pourquoi ? C'est sûrement ce sourire mis sur ton visage. C'est sûrement à lui que l'on doit ça... Où allons-nous ? Personne ne sait, mais ce qui me fait espérer c'est ce sourire mis sur ton visage.

Le pouvoir de l'imagination

Le monde est rempli de gens qui nous sont incompréhensibles, et on se demande pourquoi. Pourquoi c'est comme ça. Cela fait longtemps que l'on a vu des gens resplendissants et heureux. Je ne rien changer, ils sont trop nombreux pour ça. La seule chose que je puisse faire c'est rêver, rêver à ce que demain soit mieux qu'aujourd'hui. La vie est faite pour vivre, et pourtant...Et pourtant on ne peut y croire quand on ouvre les yeux. Tout ce que nous voyons ce sont des avions écrasés, du nucléaire et de la peur. Bientôt cela ne servira plus à rien de respirer, la seule chose qui restera à faire c'est de se mettre la tête dans les genoux. Le genre humain est fait de peur et de mort, alors restes bien au chaud dans tes rêves. Refais toi un nouveau monde à ton image, un monde différent de celui-ci. Fait cela avant que nos fortunes nous conduisent à 'absurde, avant que l'on se ridiculise encore plus. C'est facile de disperser la foule, c'est facile de tuer. Tu veux continuer à vivre cela ? Apprends à écouter, pense à ce qui peut arriver. Le temps s'épuise vite, il ne faut pas perdre de temps. Tu verras ce n'est pas difficile, apprends juste à rêver. Essaye de te dire que tu n'es pas effrayé, essaye de dire adieu à tout ça. Si tu ouvres les yeux et que je ne suis plus là alors dis toi que j'ai choisis une étoile dans le ciel. Je te conseille de ne pas attendre que le monde tombe pour me rejoindre, n'attends pas que quelqu'un t'arraches à la vie. Dans mon monde si sympas où chaque nuit est pleine de rêves, pourquoi serais-je le seul ? Ce monde est un si bel endroit quand on y est avec quelqu'un qu'on aime. Il n'y a plus rien à faire dans ce triste monde, tu vois ce jour d'après ce qu'en disent les journaux et la nuit est couleur grise, couleur de mal de tête. Vous aviez tous confiance en eux pour sauver le monde et ils sont allés à l'envers. Ils ont vidé les pièces en trente secondes et ne sont déjà plus là. Les promesses sont douces à entendre mais n'apporte vraiment rien. Tout ce qu'il te reste est dans ton esprit. Il ne te reste plus qu'à fermer les yeux et rêver. Ne deviens pas cet esclave de la réalité.

Sèches tes larmes

Je sais que tu ne vas pas aimer, que tu vas trouver cela injuste. De nombreux évènements se sont survenus avant que j'en arrive là tu sais. Cette décision c'est la mienne et tu ne peux intervenir. Ma vie a été bien remplie, et ce sont les souvenirs que je veux que tu te souviennes. Souviens toi de la lumière du matin, celle que nous regardions ensemble. Je suis désolé pour nous, mais maintenant il y a un fossé entre nous. Maintenant cet endroit où je finis et enfin tu commences ne doit plus exister. Je veux que tu te souviennes de ce jour merveilleux, c'était sans doute un de mes bons jours. Depuis tout à changé...Je n'ai jamais voulu te faire ça, la prochaine fois je garderais certaines choses pour moi...Mais pourquoi avoir une prochaine fois ? Tu ne me crois pas, mais tu fais ça à chaque fois. Pourquoi me dire cela maintenant ? Pourquoi me retenir ? Sèche tes larmes, tu ne rends pas aveugle. Je t'en prie ne te rends pas aveugle. Je n'ai pas été honnête et désormais, je vois comme les rôles s'inversent. C'est dans la lumière froide du matin alors que tout le monde se réveillera que je partirais. Qu'est ce que je peux dire de plus ? Toutes mes excuses ne serviront à rien, elles n'ont jamais servis à rien d'ailleurs. Maintenant que tout à changé, je m'éclipse, je ne veux pas t'accabler mais juste changer d'air. Désormais je vais voir des choses que tu ne pourras voir, je ne pourrais te les raconter, alors je devrais attendre. Si un jour tu me retrouves là bas, on regardera ça ensemble, ça doit être merveilleux... En attendant, je veux juste que tu te souviennes. Souviens toi des bons moments, des rires et des yeux. Le temps passe et arrive à expiration, je survole ma tombe désormais.

A paraître :

Le livre de musique